NÜTZLICHES INDIAN-FASTFOOD-WISSEN

OLDTIME CLASSICS

AUF DEM TITELBILD SEHEN SIE DAS REZEPT TANDOORI-CHICKEN-DRUMS MIT KORIANDERDIP VON SEITE 30

FRISCH EINGETROFFEN
SEITE
SCHARFE PFEFFERGARNELEN AUS GOA 23
LAMMSPIESSE MIT KRÄUTERMARINADE 25
HÄHNCHENSALAT MIT GRANATAPFEL 27
CRISPY MASALA-OKRA-STICKS 29
TANDOORI-CHICKEN-DRUMS MIT KORIANDERDIP 30
TOTAL REZEPTE 5
NEU AUFGELEGT
SEITE
KOKOSNUSS-CHILI-BURGER 33
INDIAN-WRAP MIT CASHEWNUSS-SPINAT 34
INDIAN-CLUB-SANDWICH MIT EI UND BACON 36
BLUMENKOHL-YUFKA-SAMOSAS 39
TANDOORI-TOFU-SPIESSCHEN MIT PAPRIKA 40
WÜRZIGE GRIESSMUFFINS MIT TOMATEN 42
HÄHNCHENKEULEN MIT KNUSPERKRUSTE 45
TOTAL REZEPTE 7

KLEINER BOLLYWOOD-STREETFOOD-GUIDE

WAS WIRD AUF INDISCHEN STRASSEN DENN SO GEBOTEN?

WIE KRIEGE ICH DAS IN MEINE KÜCHE?

WIE KANN ICH ETWAS INDISCH »MOGELN«?

WAS BRAUCHE ICH AN »ECHTEN« INDISCHEN ZUTATEN?

WELCHE GEWÜRZE MUSS ICH UNBEDINGT HABEN?

Egal ob Delhi, Bombay oder Kalkutta – hier gleichen die Straßen riesigen Freiluftküchen. Inder lieben »Tiffins«, wie Snacks meist genannt werden. Oft bietet ein Stand nur ein einziges Gericht an, aber das perfekt und unendlich lecker: Frittiertes, wie z. B. Samosas – gefüllte Teigtaschen – oder knusprige Gemüse-Pakoras, die wir von der Vorspeisenkarte im indischen Lokal kennen, ist genauso beliebt wie Fleischgerichte aus dem Tandoori-Grillofen. Vegetarier oder Fleischfan, Rikschafahrer oder Filmstar – hier kommen alle auf ihre Kosten!

Einen Tandoori-Ofen brauchen Sie zum Glück nicht. Hier leistet ein normaler Herd oder im Sommer der Grill gute Dienste. Auch sonst: Die indische Küche ist gar nicht kompliziert. Mit normalem Topf und Pfanne oder einem Wok sind Sie schon bestens gerüstet. Bei den Zutaten reicht ein gekonnter Einsatz und eine Grundausstattung an Gewürzen. Denn das Tolle an der indischen Küche: Außer Gewürzen ist wenig Exotisches gefragt. Und mit ein paar Tricks werden hiesige Zutaten ganz »indisch«.

Vegetarier lieben Paneer – indischen Frischkäse. Nur wenige indische Lebensmittelgeschäfte bieten ihn aber im Kühlregal an und selber machen ist ganz schön aufwendig. Wie wär's denn mit Tofu als Alternative? Richtig à l'indienne gewürzt schmeckt der dann wie in Bombay. Auf diese Art lassen sich viele Gerichte vereinfachen: türkischer Yufkateig anstelle von selbst geknetetem Teig und fertig gekaufte, bereits gemahlene Gewürze oder Gewürzmischungen. So geht Kochen einfacher und schneller, eben Fast Food!

Für Ausbackteige brauchen Sie Kichererbsenmehl (Besan), das es im Asien- oder Bioladen gibt. Das indische Bratfett Ghee ist im Grunde nichts anderes als Butterschmalz, das sich auch perfekt als Ersatz eignet. Wer auf tierisches Fett verzichten will, nimmt einfach Pflanzenöl. Für Frische sorgen Koriandergrün, Minze und Ingwer – eine pralle Knolle ist ein Muss. Ingwerpulver oder Ingwerpüree im Glas schmecken nie so frisch und zitronig wie frischer Ingwer. Da frische Curryblätter schwer zu kriegen sind, werden in den Rezepten getrocknete verwendet. Normalerweise bekommen Sie alle Zutaten im Asienladen, falls nicht, im Internet z. B. unter www.asiamahal.de.

Die wichtigsten Gewürze sind Koriander, Kurkuma und Kreuzkümmel, die man sich in gemahlener Form zulegen kann. Zusätzlich ganzer Kreuzkümmel wäre toll, da er so noch viel intensiver schmeckt. Wer stattdessen gemahlenen nimmt, sollte ihn nie lange rösten, sondern immer nur ganz kurz mitbraten. An fertigen Gewürzmischungen sind Garam Masala und Tandoori-Pulver sinnvoll. Braune Senfkörner und grüne Kardamomkapseln zieren zusätzlich das Gewürzregal. Ganze Kardamomkapseln oder deren schwarze Samenkörner sollten Sie immer andrücken – im Mörser oder mit einem schweren Messer. Erst so entfalten sie ihr volles Aroma.

DER SUPERSCHNELLE BOLLYWOODSNACK

Pappadums mit Chutney und Raita verkürzen im Indienlokal die Wartezeit vor dem Essen aufs Leckerste. Ganz einfach zu Hause gemacht, sind sie die ideale Knabberei für Gäste.

DIE PAPPADUMS

4–5 Pappadum-Fladen (aus dem Asienladen, wahlweise mit Pfeffer, Kreuzkümmel oder sonstigen Gewürzen) ++ neutrales Pflanzenöl zum Frittieren

Öl ca. 3 cm hoch in eine Pfanne mit hohem Rand oder einen Topf (knapp größer als die Fladen) gießen. Das Öl stark erhitzen, bis sich am Topfboden Schlieren wellen oder bis an einem ins Öl getauchten Kochlöffelstiel Bläschen aufsteigen. 1 Fladen hineinlegen und mit einem Sieblöffel ins heiße Öl drücken. Immer wieder kurz unterdrücken, bis er goldbraun und mit leichten Blasen überzogen ist. Den Fladen herausnehmen und abtropfen lassen. Mit den restlichen Fladen ebenso verfahren.

GURKEN- & TOMATEN-RAITA

1 Stück Gurke (ca. 60 g) ++ 8 Blättchen frische Minze ++ 1/4 TL gemahlener Kreuzkümmel ++ 300 g Joghurt (3,5 % Fett) ++ 1/2 Knoblauchzehe ++ Salz ++ Pfeffer ++ 1 Tomate ++ 1 kleine grüne Chilischote ++ 1 EL neutrales Pflanzenöl ++ 1/2 TL braune Senfkörner ++ 10 getrocknete Curryblätter

Für 2 Personen | Zubereitung **25 Min.**

FÜR DIE GURKEN-RAITA die Gurke schälen, halbieren und die Kerne herausschaben. Die Hälften möglichst fein würfeln. Die Minze waschen, trocken tupfen und fein hacken. Beides mit Kreuzkümmel und 150 g Joghurt verrühren. Knoblauch schälen und dazupressen. Salzen und pfeffern.

FÜR DIE TOMATEN-RAITA die Tomate waschen und klein würfeln, dabei den Stielansatz entfernen. Chilischote waschen, putzen, nach Wunsch entkernen und sehr fein hacken. Das Öl in einem Pfännchen erhitzen. Chili, Senfkörner und grob zerriebene Curryblätter darin rösten, bis die Körner knistern. Die Tomatenwürfel zugeben, einmal kurz durchrühren und sofort mit 150 g Joghurt mischen. Mit Salz und Pfeffer würzen. Beide Raitas noch kurz im Kühlschrank durchziehen lassen.

DIE ULTIMATIVEN BOLLYWOODDRINKS

Nicht nur gut snacken, sondern auch noch das richtige Getränk im Glas. Egal ob mit oder ohne Alkohol, Hauptsache gut gewürzt – so lautet auch hier die Devise.

1 BANANEN-LASSI schmeckt süß und auch mal scharf würzig – Hauptsache eiskalt. Für die süße Variante 1 reife Banane schälen, grob zerteilen und mit 1 TL Limettensaft mischen. Mit 100 g Sahnejoghurt (10 % Fett, z. B. griechischer Joghurt), 1/4 TL gemahlenem Kardamom, 1 TL Puderzucker und 3 Eiswürfeln im Blender oder Mixer schaumig pürieren. In ein Glas füllen. Für die würzige Variante die Banane mit dem Saft von 1/2 Orange, 1 EL Honig, gut 1/2 TL Currypulver, 100 g Sahnejoghurt und 3 Eiswürfeln wie beschrieben pürieren. **Für je 1 Glas**

2 CHAI-LASSI Der beliebte indische Gewürztee mal ungewohnt und ganz cool: 150 ml Wasser in einem kleinen Topf aufkochen und 2 Beutel Chai-Tee (aus dem Bioladen) hineingeben. Zugedeckt bei schwacher Hitze ca. 8 Min. ziehen lassen. Vom Herd nehmen und abkühlen lassen (falls möglich noch 1–2 Std. kalt ziehen lassen). Teebeutel entfernen und den Tee mit 100 g Joghurt und 1 Kugel Vanilleeis im Blender oder Mixer schaumig pürieren. Nach Wunsch noch mit Zucker oder Honig süßen. **Für 1 Glas**

3 MOONSOON-COOLER tropisch fruchtig und indisch würzig – der perfekte Happy-Hour-Drink. Dafür 4 cl Gin, 2 cl Orangenlikör (z. B. Cointreau), 8 cl Ananassaft, 1 cl Zuckersirup und 1 TL Grenadine in einen Shaker füllen. 1 Kardamomkapsel im Mörser oder mit einem schweren Messer andrücken und mit 4 Eiswürfeln dazugeben. Den Shaker fest verschließen und 15 Sek. kräftig schütteln. 3–4 Eiswürfel in ein Longdrink- oder großes Limonadenglas geben und den Cocktail durch ein Teesieb darübergießen. Wer will, steckt noch 1 Stück Ananas oder 1 Scheibe Orange zur Deko an den Glasrand. **Für 1 Drink**

4 MANGO-KOKOS-COLADA Der Tropical-Klassiker mit neuer Frucht und Pfiff obendrauf. Dafür 50 g reifes Mangofruchtfleisch würfeln. Mit 6 cl weißem Rum, 5 cl Mangonektar, 6 cl Kokosmilch und 3 cl Sahne im Blender oder Mixer schaumig pürieren. Den Mix mit 3–4 Eiswürfeln (oder besser zerstoßenem Eis) in ein hohes Glas füllen. 1 EL Kokosflocken mit 2 Msp. Chilipulver mischen und darüberstreuen. **Für 1 Drink**

1
2
3
4

OLDTIME CLASSICS

party-tauglich

GEWÜRZTE HACKFLEISCHBÄLLCHEN

[Kofta]

1 kleine Zwiebel ++ 1 Knoblauchzehe ++ 1 Stück frischer Ingwer (ca. 2 cm) ++ 1 grüne Chilischote ++ 1/2 Bund Koriandergrün ++ 300 g Rinderhackfleisch ++ 1 Ei (Größe M) ++ je 1 TL gemahlener Koriander, Kreuzkümmel und Garam Masala ++ Salz ++ Pfeffer ++ neutrales Pflanzenöl zum Braten

Für 2 Personen | Zubereitung **30 Min.** | Ruhen **2 Std.**
Pro Person ca. **455 kcal, 38 g EW, 32 g F, 4 g KH**

1 Zwiebel, Knoblauch und Ingwer schälen und möglichst fein würfeln. Die Chilischote waschen, putzen und mit den Kernen fein hacken. Das Koriandergrün waschen, trocken schütteln und mit den Stielen fein hacken. Alles mit Hackfleisch, Ei, Koriander, Kreuzkümmel und Garam Masala gut vermischen. Salzen, pfeffern und kräftig durchkneten. Aus dem Hackteig 12 Bällchen formen und zugedeckt im Kühlschrank 2 Std. durchziehen lassen.

2 In einer beschichteten Pfanne reichlich Öl erhitzen. Die Bällchen darin bei mittlerer bis starker Hitze in 6–8 Min. rundum braun braten. Heiß, am besten mit Raita, servieren.

Knabber-snack

FRITTIERTE KNUSPER-ZWIEBELRINGE

[Bhaji]

120 g Kichererbsenmehl
1/2 TL gemahlener Kreuzkümmel
1/4 TL Chilipulver
2 Msp. Kurkumapulver
2 EL Mohnsamen
Salz
2 Gemüsezwiebeln (ca. 180 g)
ca. 750 ml neutrales Pflanzenöl zum Frittieren

Für 2 Personen | Zubereitung **30 Min.** | Pro Person ca. **330 kcal, 15 g EW, 17 g F, 30 g KH**

1 Das Kichererbsenmehl mit Kreuzkümmel, Chilipulver, Kurkumapulver und Mohn in einer Schüssel mischen. Langsam unter Rühren 80–100 ml kaltes Wasser zugießen und mit dem Schneebesen zu einem glatten, nicht zu flüssigen Teig verschlagen. Salzen.

2 Die Zwiebeln schälen und in 5 mm dicke Scheiben schneiden. Die Scheiben in einzelne Ringe trennen. Das Öl in einem Topf erhitzen. Die Zwiebelringe portionsweise im Teig wenden, leicht abtropfen lassen und ins heiße Fett legen. Darin in ca. 5 Min. knusprig braun braten. Mit einem Schaumlöffel herausheben und auf Küchenpapier abtropfen lassen. Heiß servieren.

MEIN VERWANDLUNGS-TIPP

Bhajis schmecken auch mit anderen Gemüsesorten, z. B. dünnen Auberginen- oder Zucchinischeiben, ganz feinen Kartoffelscheiben oder Paprikaspalten. Hier jedoch die Mohnsamen weglassen oder nach Wunsch gegen 1/4 TL zerstoßene Ajowansamen tauschen.

IST MOHN DENN INDISCH?

Ja, dort verwendet man gerne weiße Mohnsamen mit dem lustigen Namen Khus-Khus. Geschmacklich sind weißer und blauer Mohn fast identisch, hier ist allerdings unser heimischer Blaumohn optisch schöner.

TANDOORI-FISCH-TIKKA

leicht

1 Knoblauchzehe
1 Stück frischer Ingwer (ca. 3 cm)
100 g Joghurt (3,5 % Fett)
1 TL frisch gepresster Limettensaft
je 1/2 TL gemahlener Kreuzkümmel
und Kurkumapulver
3/4 TL gemahlener Koriander
Salz
Chilipulver
1/4 Bund Koriandergrün
6 Stängel Minze
350 g Seelachsfilet
1 EL kalte Butter
Backpapier

Für 2 Personen | Zubereitung **25 Min** | Marinieren **2 Std.**
Pro Person ca. **445 kcal, 69 g EW, 15 g F, 9 g KH**

1 Knoblauch schälen und durchpressen. Ingwer schälen und möglichst fein hacken. Beides mit Joghurt, Limettensaft, Kreuzkümmel, Kurkumapulver und Koriander mischen. Kräftig mit Salz und Chilipulver würzen. Koriandergrün und Minze waschen und trocken schütteln. Die Blättchen abzupfen, hacken und unter den Joghurt rühren.

2 Den Fisch trocken tupfen und in 2 cm breite Streifen schneiden. Mit dem Kräuterjoghurt mischen und zugedeckt im Kühlschrank 2 Std. marinieren.

3 Den Backofen auf 275° vorheizen. Ein Backblech mit Backpapier belegen, die Butter in Flöckchen schneiden. Die Fischstreifen aufs Blech legen und nochmals mit Marinade bestreichen. In den Ofen (oben) schieben, den Backofengrill zuschalten und 5 Min. grillen. Den Fisch mit den Butterflöckchen belegen und in weiteren 5 Min. goldbraun grillen.

TROCKEN GEBRATENE KICHERERBSEN

Satt-
macher

1 Dose Kichererbsen
(ca. 265 g Abtropfgewicht)
1 Zwiebel
1 Stück frischer Ingwer (ca. 3 cm)
1 Knoblauchzehe
2 EL Ghee
(ersatzweise neutrales Pflanzenöl)
2 EL Tomatenmark
2 Msp. Kurkumapulver
1/4 TL Chilipulver
je 1 TL gemahlener Koriander und Kreuzkümmel
250 ml frisch gebrühter schwarzer Tee
Salz
Pfeffer
1/2 TL Zucker
2 EL frisch gepresster Limettensaft

Für 2 Personen | Zubereitung **35 Min.** | Pro Person ca. **530 kcal, 26 g EW, 18 g F, 65 g KH**

1 Kichererbsen in ein Sieb abgießen, kalt abspülen und abtropfen lassen. Zwiebel schälen und fein würfeln. Ingwer und Knoblauch schälen und fein hacken. Ghee erhitzen und die Zwiebel darin glasig dünsten. Ingwer und Knoblauch 1 Min. unter Rühren mitdünsten. Tomatenmark, Kurkumapulver, Chilipulver, Koriander und Kreuzkümmel einstreuen und 2 Min. unter Rühren mitbraten.

2 Den Tee zugießen und offen bei starker Hitze ca. 8 Min. kochen lassen, bis fast die gesamte Flüssigkeit verdampft ist. Die Kichererbsen unterrühren. Mit Salz, Pfeffer und Zucker würzen und zugedeckt bei schwacher Hitze 10 Min. garen. Mit Limettensaft abschmecken. Die Kichererbsen schmecken toll mit Fladenbrot oder in warme Pitataschen gefüllt.

MEIN AROMA-TIPP

Wer mag, mischt noch frisch gehacktes Koriandergrün unter die gegarten Kichererbsen oder tauscht den Limettensaft gegen 1/2 TL getrocknetes Mangopulver (Amchoor).

TOMATENMARK

MEIN TAUSCH-TIPP

Im Indienladen gibt's unzählige Linsensorten: Für die Bällchen können Sie auch geschälte, gespaltene schwarze Linsen nehmen. Obwohl sie schwarze Linsen heißen, sind sie hell. Man nennt sie Urad- oder Urid-Dal.

ROTE-LINSEN-BÄLLCHEN

kross & würzig

- 120 g rote Linsen
- 2 grüne Chilischoten
- 1 kleine Zwiebel
- 2 EL neutrales Pflanzenöl + Öl zum Frittieren
- 15 getrocknete Curryblätter
- je 1/2 TL braune Senfkörner und Kreuzkümmelsamen
- Salz
- 1/2 TL Backpulver

Für 2 Personen | Zubereitung **35 Min** | Quellen **4 Std.**
Pro Person ca. **360 kcal, 15 g EW, 19 g F, 34 g KH**

1 Die Linsen in eine Schüssel geben. Reichlich kaltes Wasser zugießen und 4 Std. quellen lassen.

2 Die Chilischoten waschen, putzen und mit den Kernen grob zerschneiden. Zwiebel schälen und fein würfeln. 2 EL Öl in einer Pfanne erhitzen und die Zwiebelwürfel darin glasig dünsten. Curryblätter grob zerreiben und mit Senfkörnern und Kreuzkümmel zugeben. Unter Rühren bei mittlerer Hitze braten, bis die Zwiebeln leicht gebräunt sind. Vom Herd nehmen.

3 Die Linsen abgießen, abtropfen lassen und 3–4 EL davon beiseitestellen. Die restlichen Linsen mit den Chilis und 2–4 EL Wasser mit dem Pürierstab zu einer dicken, festen Masse pürieren. Den Zwiebelmix, Salz, Backpulver und die unzerkleinerten Linsen gut unterrühren.

4 Das Öl in einem Topf stark erhitzen. Vom Linsenteig je 1 TL abstechen und in Portionen von maximal sechs Stück vorsichtig ins heiße Öl gleiten lassen. Die Bällchen sprudelnd in 5–7 Min. dunkelbraun frittieren, dabei mehrmals wenden. Herausheben und auf Küchenpapier abtropfen lassen. Auf diese Weise fortfahren, bis der gesamte Teig aufgebraucht ist. Die Bällchen warm servieren.

KNUSPRIGE KARTOFFEL-ERBSEN-PLÄTZCHEN

[Aloo Tikki]

Lunch-time-Snack

350 g mehligkochende Kartoffeln | Salz
1 kleine Zwiebel
1 Knoblauchzehe
1 Stück frischer Ingwer (ca. 3 cm)
1 EL Ghee + Ghee zum Braten
(ersatzweise neutrales Pflanzenöl)
1/2 TL Kreuzkümmelsamen
je 1/3 TL Chili- und Kurkumapulver
70 g TK-Erbsen
1 TL Garam Masala
1 1/2 EL frisch gepresster Zitronensaft
1 EL Kichererbsenmehl

Für 2 Personen | Zubereitung **1 Std.** | Pro Person ca. **275 kcal, 7 g EW, 13 g F, 32 g KH**

1 Die Kartoffeln waschen und in einem Topf mit Wasser bedecken. Salzen und zugedeckt bei mittlerer Hitze in ca. 25 Min. gar kochen.

2 Inzwischen Zwiebel, Knoblauch und Ingwer schälen und fein hacken. 1 EL Ghee in einem Topf erhitzen. Darin die Zwiebel mit Kreuzkümmel und jeweils der Hälfte von Knoblauch und Ingwer andünsten. Die Hälfte Chili- und Kurkumapulver und die Erbsen zugeben, kurz mitbraten. 5–6 EL Wasser zugießen und offen bei mittlerer Hitze ca. 8 Min. sanft kochen lassen, bis das Wasser verdampft ist. Mit 1/2 TL Garam Masala und 1 TL Zitronensaft abschmecken, vom Herd nehmen.

3 Die Kartoffeln abgießen und kurz ausdampfen lassen. Heiß pellen und mit einer Gabel fein zerdrücken. Restlichen Knoblauch, Ingwer, Zitronensaft, übriges Chili-, Kurkumapulver und Garam Masala, Kichererbsenmehl und Salz gut mit den Händen untermischen. Den Kartoffelteig vierteln. Jede Portion in der Handfläche zu einem Fladen formen und je 1/4 der Erbsen daraufgeben. Die Ränder darüber zusammendrücken und ein Plätzchen formen. Reichlich Ghee in einer Pfanne erhitzen und die Plätzchen darin bei mittlerer Hitze von beiden Seiten in je ca. 6 Min. goldbraun braten. Dabei einmal wenden. Heiß, nach Wunsch mit Raita, servieren.

FRISCH EINGETROFFEN

zum Auf-spießen

SCHARFE PFEFFERGARNELEN AUS GOA

12 küchenfertige rohe Garnelen (ca. 450 g) ++ 1 Knoblauchzehe ++ 8 Stängel Koriandergrün ++ 2 EL neutrales Pflanzenöl ++ 3/4 TL braune Senfkörner ++ je 1 Msp. Kurkuma- und Chilipulver ++ Salz ++ 1/2 TL grob zerstoßener schwarzer Pfeffer ++ 1 EL frisch gepresster Limettensaft

Für 2 Personen | Zubereitung **15 Min** | Pro Person ca. **295 kcal, 42 g EW, 13 g F, 1 g KH**

1 Die Garnelen kalt abspülen und trocken tupfen. Den Knoblauch schälen und fein hacken. Koriandergrün waschen und trocken schütteln. Die Blättchen abzupfen und hacken.

2 Das Öl in einem Wok oder einer beschichteten Pfanne erhitzen. Den Knoblauch und die Senfkörner darin 1 Min. anbraten. Die Garnelen zugeben, mit Kurkuma- und Chilipulver bestreuen und 1 Min. unter Rühren braten. Salzen und pfeffern und bei mittlerer Hitze weitere 2–3 Min. braten. Mit Limettensaft beträufeln, das Koriandergrün unterheben. Die Garnelen nach Wunsch einzeln auf Holzspießchen stecken und heiß servieren.

LAMM-SPIESSE MIT KRÄUTER-MARINADE

1/2 Bund Koriandergrün
5 Stängel Minze
1 Stück frischer Ingwer (ca. 2 cm)
1 Knoblauchzehe
3/4 TL Kreuzkümmelsamen
4 EL Olivenöl
350 g Lammfleisch (aus der Keule)
Salz
schwarzer Pfeffer
4 Holzspieße

Für 2 Personen | Zubereitung **25 Min.**
Marinieren **3 Std.** | Pro Person ca. **605 kcal,**
33 g EW, 52 g F, 3 g KH

1 Koriandergrün und Minze waschen und trocken schütteln. Die Blättchen abzupfen und fein hacken. Ingwer und Knoblauch schälen und sehr fein hacken. Kreuzkümmel im Mörser oder mit einem schweren Messer grob zerstoßen. Alles mit dem Öl verrühren.

2 Das Fleisch von Fett und Sehnen befreien und in ca. 3 x 4 cm große Würfel schneiden. Die Würfel mit der Marinade mischen und zugedeckt im Kühlschrank 3 Std. marinieren.

3 Die Fleischwürfel auf die Spieße stecken. Nochmals mit Marinade betupfen, salzen und pfeffern. Eine Grillpfanne oder eine beschichtete Pfanne erhitzen. Die Spieße darin bei starker Hitze rundum in ca. 8 Min. braun braten. Noch kurz in der Pfanne ziehen lassen. Die Spieße heiß, nach Wunsch mit Raita, servieren.

WELCHE MINZE SOLL ICH DENN HIER NEHMEN?

Grüne Minze, z. B. marokkanische oder asiatische – sie ist milder und feiner als die sehr intensiv schmeckende Pfefferminze.

HÄHNCHENSALAT
MIT GRANATAPFEL

leicht & erfrischend

1 Stück frischer Ingwer (ca. 5 cm)
2 Knoblauchzehen
2 Kardamomkapseln
12 schwarze Pfefferkörner | Salz
3/4 TL Tandoori-Gewürzpulver
1/2 TL Garam Masala
2 EL Weißweinessig
1 TL Tomatenmark
3 EL neutrales Pflanzenöl
200 g Hähnchenbrustfilet
200 g Salatgurke
1 kleiner Granatapfel
10 Blättchen frische Minze
2 EL Zitronensaft | 1/2 TL Zucker

Für 2 Personen | Zubereitung **35 Min.** | Marinieren **4 Std.**
Pro Person ca. **285 kcal, 24 g EW, 16 g F, 10 g KH**

1 Den Ingwer schälen und fein reiben. Knoblauch schälen und durchpressen. Kardamomkapseln aufschneiden, die Samen herauskratzen und mit den Pfefferkörnern im Mörser oder mit einem schweren Messer grob zerstoßen. Alles mit 1/2 TL Salz, Tandoori-Gewürzpulver, Garam Masala, Essig, Tomatenmark und 2 1/2 EL Öl verrühren. Das Fleisch trocken tupfen und in schmale Streifen schneiden. Mit der Marinade mischen und zugedeckt im Kühlschrank 4 Std. marinieren.

2 Gurke schälen und klein würfeln. Granatapfel halbieren und die Fruchtkerne herauslösen. Minze waschen, trocken tupfen und in Streifen schneiden. Gurkenwürfel, Granatapfelkerne und Minzstreifen mit Zitronensaft und Zucker mischen, salzen.

3 Eine beschichtete Pfanne mit 1/2 EL Öl auspinseln und stark erhitzen. Das Hähnchenfleisch darin in ca. 5 Min. rundum braun braten. Noch warm unter den Salat heben. Den Salat eventuell nochmals mit Salz und Pfeffer abschmecken. Mit indischem Fladenbrot servieren.

WORAUF MUSS ICH BEI OKRASCHOTEN ACHTEN?

Angeschnitten sondern die Schoten einen klebrigen Schleim ab. Normalerweise nicht so angenehm, hier aber ganz prima, weil so das Mehl ganz von alleine haften bleibt.

Chips-ersatz

CRISPY MASALA-OKRA-STICKS

250 g Okraschoten
2 EL Kichererbsenmehl
neutrales Pflanzenöl zum Braten
1/4 TL gemahlener Koriander
je 1/4 TL Kurkuma- und Chilipulver
1/2 TL Chaat Masala (Gewürzmischung)

Für 2 Personen | Zubereitung **25 Min.** | Pro Person ca. **275 kcal, 7 g EW, 25 g F, 9 g KH**

1 Die Okraschoten waschen. Den Stielansatz abschneiden und die Schoten längs vierteln. Sehr dicke Schoten sechsteln. Die Okraspalten in einer Schüssel mit dem Kichererbsenmehl bestreuen. Gut mit den Händen durchmischen.

2 In eine beschichtete Pfanne mit hohem Rand ca. 3 mm hoch Öl gießen und stark erhitzen. Das Mehl leicht von den Schoten abschütteln. Die Schoten im heißen Öl 1–2 Min. anbraten, dann mit einem Holzlöffel wenden. Weiterbraten, bis sie knusprig braun sind, dabei gelegentlich wenden. Koriander, Kurkuma- und Chilipulver unterrühren. Die Schoten herausnehmen und auf Küchenpapier abtropfen lassen. Mit Chaat Masala bestreuen und heiß servieren.

MEIN WÜRZ-TIPP

Chaat Masala ist ein ganz typisches Gewürz, um indische Snacks aufzupeppen. Die Mischung aus verschiedenen Gewürzen, gemahlenen Chillis, getrocknetem Mangopulver und Steinsalz (schmeckt leicht schwefelig) wird einfach über die Speisen gestreut.

roter Klassiker

TANDOORI-CHICKEN-DRUMS MIT KORIANDERDIP

4 Hähnchenunterkeulen
(Chicken Drums, ca. 400 g)
1 Bio-Limette
180 g Joghurt (3,5 % Fett)
1 1/2 TL Tandoori-Gewürzpulver
Salz | Pfeffer
1 Bund Koriandergrün
1 Knoblauchzehe
1 grüne Chilischote
1/4 TL Zucker
1/2 TL gemahlener Kreuzkümmel
neutrales Pflanzenöl für das Blech

Für 2 Personen | Zubereitung **20 Min.** | Marinieren **3 Std.** | Garen **30 Min.**
Pro Person ca. **285 kcal, 42 g EW, 10 g F, 8 g KH**

1 Die Haut von den Keulen abziehen und abschneiden. Die Keulen mit einem Messer mehrmals tief einschneiden. Limette heiß abspülen und trocknen. Die Schale abreiben, den Saft auspressen. 80 g Joghurt mit der Hälfte der Schale, 1 EL Saft und Tandoori-Gewürzpulver mischen. Salzen und pfeffern. Die Keulen damit bestreichen und zugedeckt im Kühlschrank 3 Std. marinieren.

2 Inzwischen für den Dip das Koriandergrün waschen, trocken schütteln und mit den Stielen grob hacken. Knoblauch schälen. Chilischote waschen, putzen und nach Wunsch entkernen. Beides fein hacken. Alles mit der restlichen Limettenschale, 1 EL Limettensaft und 100 g Joghurt im Mixer oder mit dem Pürierstab pürieren. Mit Salz, Pfeffer, Zucker und Kreuzkümmel würzen. Kühl stellen.

3 Den Backofen auf 220° vorheizen. Ein Backblech mit Öl bestreichen, die Hähnchenkeulen darauflegen. Im Ofen (oben, Umluft nicht empfehlenswert) in 30 Min. knusprig braten. Dabei eventuell mit etwas Öl oder Bratensaft betupfen. Heiß mit dem Korianderdip servieren.

NEU AUFGELEGT

KOKOSNUSS-CHILI-BURGER

2 rote Zwiebeln ++ 1 Knoblauchzehe ++ 2 grüne Chilischoten ++ 3 EL neutrales Pflanzenöl ++ 1 EL getrocknete Curryblätter ++ 4 EL Kokosraspel ++ 300 g Rinderhackfleisch (ersatzweise Lammhackfleisch) ++ 1 Ei (Größe M) ++ Salz ++ 1 TL Garam Masala ++ 2 Burger-Brötchen ++ 4 Salatblätter ++ 3 EL süßes Mangochutney (nach Wunsch)

Für 2 Personen | Zubereitung **30 Min.** | Pro Person ca. **785 kcal, 43 g EW, 53 g F, 36 g KH**

1 Zwiebeln schälen, 1 Zwiebel in Ringe schneiden, die andere fein würfeln. Knoblauch schälen und hacken. Chilis waschen, putzen und mit den Kernen fein hacken. 1 1/2 EL Öl in einer Pfanne erhitzen und die Zwiebelwürfel darin glasig dünsten. Knoblauch, Chilis und Curryblätter einrühren und bei mittlerer Hitze 1–2 Min. mitbraten. Kokosraspel einstreuen und unter Rühren hellbraun rösten.

2 Den Zwiebel-Kokos-Mix zum Hackfleisch geben. Das Ei zufügen und alles gut vermischen. Den Hackteig mit Salz und Garam Masala würzen und zu zwei flachen Burgern formen. Das restliche Öl in einer beschichteten Pfanne erhitzen. Die Burger darin bei mittlerer Hitze von jeder Seite 5–7 Min. braun braten. Dabei einmal wenden.

3 Inzwischen die Brötchen im Toaster leicht rösten. Salat waschen und trocken tupfen. Die unteren Brötchenhälften mit je 1 Salatblatt belegen, 1 Burger daraufsetzen und nach Wunsch mit Mangochutney beträufeln. Mit Zwiebelringen und den restlichen Salatblättern belegen. Die Brötchendeckel auflegen und sofort servieren.

tolle Rolle

INDIAN-WRAP
MIT CASHEWNUSS-SPINAT

300 g TK-Blattspinat
1 kleine Zwiebel
1 Knoblauchzehe
1 Stück frischer Ingwer (ca. 3 cm)
1 kleine rote Chilischote
1 EL Ghee (ersatzweise neutrales Pflanzenöl)
je 3/4 TL gemahlener Koriander und Kreuzkümmel
Salz
2 Tomaten
2 EL cremiger Ricotta
50 g geröstete, gesalzene Cashewnusskerne
2 Chapatifladen (Fertigprodukt, ersatzweise Tortillafladen)

Für 2 Personen | Zubereitung **30 Min.** | Pro Person ca. **385 kcal, 14 g EW, 20 g F, 38 g KH**

1 Den Spinat aus dem Tiefkühlfach nehmen. Zwiebel, Knoblauch und Ingwer schälen und getrennt fein würfeln. Chilischote waschen, putzen, halbieren, entkernen und fein hacken.

2 Ghee in einem Topf erhitzen und die Zwiebelwürfel darin hellbraun dünsten. Knoblauch, Ingwer, Chili, Koriander und Kreuzkümmel zugeben und unter Rühren 1 Min. mitbraten. Den angetauten Spinat zufügen und unter Rühren auftauen lassen. Bei Bedarf 2–3 EL Wasser zugießen. Den Spinat salzen und offen bei mittlerer Hitze 3–5 Min. garen, bis die Flüssigkeit verdampft ist.

3 Inzwischen die Tomaten waschen und klein würfeln, dabei den Stielansatz entfernen. Mit Ricotta mischen und salzen. Cashewnüsse grob hacken. Chapatifladen in einer Pfanne nach Packungsangabe erwärmen. Die Cashews unter den Spinat heben. Die Fladen mit dem Tomatenricotta bestreichen, den Spinat darauf verteilen und aufrollen. Warm oder lauwarm servieren.

INDIAN-CLUB-SANDWICH
MIT EI UND BACON

super-
einfach

1 Tomate
4 Blätter Eisbergsalat
1/3 Bund Koriandergrün
1 kleine Zwiebel
2 Eier (Größe L)
je 2 Msp. Chilipulver und gemahlener Kreuzkümmel
Salz | Pfeffer
4 Scheiben Toastbrot
3 dünne Scheiben Frühstücksspeck (Bacon)
1 TL Butter

Für 2 Personen | Zubereitung **25 Min.** | Pro Person ca. **410 kcal, 20 g EW, 25 g F, 26 g KH**

1 Tomate waschen und in Scheiben schneiden, dabei den Stielansatz entfernen. Salat waschen und trocken tupfen. Koriandergrün waschen, trocken schütteln und hacken. Zwiebel schälen und würfeln. Die Eier mit Koriandergrün, Chilipulver und Kreuzkümmel verquirlen. Salzen und pfeffern.

2 Den Toast im Toaster rösten. Speckscheiben halbieren und in einer beschichteten Pfanne bei mittlerer Hitze kross braun braten. Auf Küchenpapier abtropfen lassen. Das Fett abgießen und die Butter in der Pfanne erhitzen. Die Zwiebelwürfel darin goldgelb dünsten. Die Eimasse zugießen und bei mittlerer Hitze braten. Sobald sie zu stocken beginnt, mit einem Holzlöffel zur Mitte hin wie ein Rührei zusammenschieben. Fortfahren, bis das Ei die gewünschte Konsistenz hat.

3 Je 1 Salatblatt auf zwei Toastscheiben legen. Darauf die Tomatenscheiben und das Ei verteilen. Je drei Stücke Bacon und die übrigen Salatblätter darüberlegen. Die restlichen Toastscheiben auflegen und leicht andrücken. Die Sandwiches diagonal halbieren.

WAS IST DENN YUFKATEIG?

Ein hauchdünner Blätterteig, der ursprünglich aus der Türkei kommt – in Griechenland heißt er Filoteig. Man bekommt ihn in türkischen Läden oder gut sortierten Supermärkten.

einfach kross

BLUMENKOHL-YUFKA-SAMOSAS

1 Stück frischer Ingwer (ca. 3 cm)
1 Knoblauchzehe
3 Kardamomkapseln
200 g passierte Tomaten (aus dem Tetrapak)
3 Nelken | 1/2 TL Chilipulver
Salz | Pfeffer
250 g Blumenkohl
ca. 75 g Butter
1 TL Kreuzkümmelsamen
1 EL Weißweinessig
8 rechteckige Blätter Yufkateig (ca. 200 g)
Backpapier

Für 2 Personen | Zubereitung **1 Std. 15 Min.** | Pro Person ca. **715 kcal, 10 g EW, 57 g F, 41 g KH**

1 Ingwer und Knoblauch schälen und hacken. Kardamomkapseln im Mörser oder mit einem schweren Messer andrücken. Mit Knoblauch, 1/3 des Ingwers, Tomaten, Nelken, 1/4 TL Chilipulver, Salz und Pfeffer in einem Topf verrühren. Die Tomatensauce offen bei mittlerer Hitze 15 Min. einkochen lassen.

2 Den Blumenkohl waschen, putzen und sehr klein schneiden oder hacken. In einem Topf 3 EL Butter erhitzen und den Kreuzkümmel darin braten, bis er knistert. Den restlichen Ingwer und den Blumenkohl zugeben, mit 1/4 TL Chilipulver, Salz und Pfeffer würzen. Das Gemüse 3 Min. unter Rühren braten, dann zugedeckt bei mittlerer Hitze ca. 7 Min. garen. Die Tomatensauce und den Essig unterrühren und offen 3 Min. weitergaren.

3 Den Backofen auf 180° vorheizen. Ein Backblech mit Backpapier belegen. Die restliche Butter schmelzen. Teigblätter auslegen und mit der Hälfte davon bestreichen. Jedes Teigblatt längs in 3 Streifen schneiden. Je 1 TL Blumenkohl auf die untere Ecke jedes Streifens geben und den Teig darüber zu einem Dreieck falten. Dieses Dreieck so nach oben falten, dass wiederum ein Dreieck entsteht. So weiterfalten, bis der ganze Streifen gefaltet und eine geschlossene Tasche entstanden ist. Die Teigdreiecke mit der restlichen Butter bestreichen, aufs Blech legen und im Ofen (Mitte, Umluft 160°) in ca. 20 Min. knusprig braun backen.

für den Vegi-Grill

TANDOORI-TOFU-SPIESSCHEN MIT PAPRIKA

200 g Tofu
1 große rote Paprikaschote
1 Stück frischer Ingwer (ca. 1 cm)
1 Ei (Größe S)
3 EL Joghurt (3,5 % Fett)
2 EL Kichererbsenmehl
1 Msp. gemahlener Safran
1 TL Garam Masala
1/4 TL Chilipulver
2 Msp. Kurkumapulver
Salz | Pfeffer
2 EL weiche Butter
4 lange Holzspieße
Backpapier

Für 2 Personen | Zubereitung **35 Min.** | Marinieren **2 Std.**
Pro Person ca. **250 kcal, 15 g EW, 17 g F, 9 g KH**

1 Den Tofu trocken tupfen und in 16 gleich große Würfel schneiden. Paprikaschote waschen, halbieren und putzen. Die Hälften in quadratische Stücke schneiden. Die Tofuwürfel und Paprikastücke abwechselnd auf die Holzspieße stecken.

2 Ingwer schälen und sehr fein hacken oder reiben. Das Ei verquirlen und mit Joghurt, Kichererbsenmehl, Ingwer, Safran, Garam Masala, Chili- und Kurkumapulver gut verrühren. Kräftig mit Salz und Pfeffer würzen. Die Spieße in der Marinade wenden und zugedeckt 2 Std. ziehen lassen.

3 Den Backofen auf 175° vorheizen. Ein Backblech mit Backpapier belegen. Die Spieße nochmals gut in der Marinade wenden und aufs Blech legen. In den Ofen (oben, Umluft nicht empfehlenswert) schieben, den Backofengrill zuschalten und ca. 7 Min. grillen. Die Spieße mit Butter bestreichen und in weiteren 3–5 Min. goldbraun grillen.

statt Brot

WÜRZIGE GRIESSMUFFINS
MIT TOMATEN

150 g Hartweizengrieß
1 1/2 TL Backpulver
1 kleine Zwiebel
5 EL neutrales Pflanzenöl
je 3/4 TL Kreuzkümmel und braune Senfkörner
1 kleines Bund Koriandergrün
1 Tomate
1 Ei (Größe M)
80 g Joghurt (3,5 % Fett)
je 1/4 TL Kurkuma- und Chilipulver
Salz

Für 2 Personen (6 Stück) | Zubereitung **20 Min.** | Backen **40 Min.**
Pro Person ca. **560 kcal, 14 g EW, 30 g F, 58 g KH**

1 Grieß und Backpulver mischen. Zwiebel schälen und fein würfeln. 2 EL Öl in einer kleinen Pfanne erhitzen und die Zwiebelwürfel darin glasig dünsten. Kreuzkümmel und Senfkörner einstreuen. Bei mittlerer Hitze weiterbraten, bis die Zwiebeln hell gebräunt sind. Vom Herd nehmen.

2 Den Backofen auf 180° vorheizen. Sechs Mulden einer Muffinform mit 1 EL Öl ausstreichen. Koriandergrün waschen, trocken schütteln und mit den Stielen fein hacken. Tomate waschen und halbieren. Stielansatz und Kerne entfernen, das Fruchtfleisch klein würfeln. Das Ei mit 2 EL Öl, Joghurt, 80 ml Wasser, Kurkuma- und Chilipulver, 3/4 TL Salz und dem Zwiebelmix verquirlen. Grießmischung, Tomatenwürfel und Koriander zügig unterrühren. Den Teig in die Form füllen.

3 Die Muffins im Ofen (Mitte, Umluft 160°) in 35–40 Min. goldbraun backen. Leicht abgekühlt aus der Form drehen und auf einem Kuchengitter auskühlen lassen. Lauwarm oder kalt servieren.

200 g

Indian-Backhendl

HÄHNCHENKEULEN MIT KNUSPERKRUSTE

2 Hähnchenkeulen (à ca. 250 g, vom Metzger in 2 Teile schneiden lassen)
1 Stück frischer Ingwer (ca.3 cm)
1 Knoblauchzehe
1 EL frisch gepresster Zitronensaft
3 EL neutrales Pflanzenöl
je 1/4 TL Chili- und Kurkumapulver
Salz | grob gemahlener schwarzer Pfeffer
1 Ei (Größe M)
5 EL Semmelbrösel
1 TL gemahlener Kreuzkümmel
2 EL Butter

Für 2 Personen | Zubereitung **20 Min.** | Marinieren **5 Std.** | Garen **40 Min.**
Pro Person ca. **540 kcal, 51 g EW, 29 g F, 21 g KH**

1 Die Haut von den Keulen abziehen und abschneiden. Das Fett ebenfalls entfernen. Die Keulen mit einem Messer rundum mehrmals einstechen. Ingwer und Knoblauch schälen. Den Ingwer fein hacken, den Knoblauch durchpressen. Beides mit Zitronensaft, 1 EL Öl, Chili- und Kurkumapulver, Salz und Pfeffer mischen. Die Keulen mit der Würzmischung einreiben und zugedeckt im Kühlschrank 5 Std. marinieren.

2 Den Backofen auf 225° vorheizen. Ein Backblech mit dem restlichen Öl bestreichen. Das Ei in einem tiefen Teller verquirlen. Die Semmelbrösel in einem zweiten Teller mit Kreuzkümmel und 1/4 TL grob gemahlenem Pfeffer mischen. Die Keulen erst in den Semmelbröseln, dann im Ei und zuletzt nochmals in den Bröseln wenden. Die Brösel gut andrücken. Die Keulen aufs Blech legen und im Ofen (oben, Umluft nicht empfehlenswert) 15 Min. garen.

3 Die Butter schmelzen. Die Keulen damit beträufeln und in weiteren 20–25 Min. goldbraun braten. Heiß, nach Wunsch mit Raita oder Joghurt, servieren.

Unsere Garantie

Alle Informationen in diesem Ratgeber sind sorgfältig und gewissenhaft geprüft. Sollte dennoch einmal ein Fehler enthalten sein, schicken Sie uns das Buch mit dem entsprechenden Hinweis an unseren Leserservice zurück. Wir tauschen Ihnen den GU-Ratgeber gegen einen anderen zum gleichen oder ähnlichen Thema um.

Liebe Leserin und lieber Leser,

wir freuen uns, dass Sie sich für ein GU-Buch entschieden haben. Mit Ihrem Kauf setzen Sie auf die Qualität, Kompetenz und Aktualität unserer Ratgeber. Dafür sagen wir Danke! Wir wollen als führender Ratgeberverlag noch besser werden. Daher ist uns Ihre Meinung wichtig. Bitte senden Sie uns Ihre Anregungen, Ihre Kritik oder Ihr Lob zu unseren Büchern. Haben Sie Fragen oder benötigen Sie weiteren Rat zum Thema? Wir freuen uns auf Ihre Nachricht!

Wir sind für Sie da!
Montag – Donnerstag: 8.00 – 18.00 Uhr;
Freitag: 8.00 – 16.00 Uhr
Tel.: 0180-5 00 50 54*
Fax: 0180-5 01 20 54*
E-Mail:
leserservice@graefe-und-unzer.de
*(0,14 €/Min. aus dem dt. Festnetz/ Mobilfunkpreise können abweichen.)

P.S.: Wollen Sie noch mehr Aktuelles von GU wissen, dann abonnieren Sie doch unseren kostenlosen GU-Online-Newsletter und/oder unsere kostenlosen Kundenmagazine.

GRÄFE UND UNZER VERLAG
Leserservice
Postfach 86 03 13
81630 München

Die Autorin

Tanja Dusy, reiselustige Redakteurin und seit Jahren erfolgreiche GU-Autorin, sammelt ihre Rezeptideen am liebsten vor Ort. Am heimischen Herd zaubert sie dann Rezepte, die Tradition und Moderne verbinden. Von ihr sind u. a. »Indien Basics« und »Für die Sinne Indien« bei GU erschienen.

Das Fotostudio

Jörn Rynio zählt internationale Zeitschriften, namhafte Buchverlage und Werbeagenturen zu seinen Auftraggebern. Mit klarem Stil, einer großen Portion Kreativität und appetitanregendem Styling setzt der Hamburger Fotograf Food-Spezialitäten aus aller Welt stimmungsvoll in Szene. Tatkräftig unterstützt wird er dabei von seinen Stylistinnen **Petra Speckmann** (Food) und **Michaela Suchy** (Requisite).

Bildnachweis

Titelfoto und U4: Klaus-Maria Einwanger, Rosenheim;
alle anderen: Jörn Rynio, Hamburg

Die Temperaturangaben bei Gasherden variieren von Hersteller zu Hersteller. Welche Stufe Ihres Herdes der jeweils angegebenen Temperatur entspricht, entnehmen Sie bitte der Gebrauchsanweisung. Bei Elektroherden können die Backzeiten je nach Herd variieren.

Programmleitung: Doris Birk
Leitende Redakteurin: Stephanie Wenzel
Redaktion: Stefanie Poziombka
Lektorat: Petra Teetz
Korrektorat: Waltraud Schmidt
Layout, Typographie und Umschlaggestaltung: Lucie Schmid, independent Medien-Design, München
Illustrationen Seite 4, 48 und U3: Harold Lazaro Backyard10, München; außer S. 4 zweite von oben, S. 48 Nr. 4, U3 Nr. 6: Betti Trummer, Hamburg
Satz: Filmsatz Schröter, München
Herstellung: Gloria Pall
Reproduktion: Wahl Media, München
Druck und Bindung: Druckhaus Kaufmann, Lahr

ISBN 978-3-8338-1059-6

1. Auflage 2008

GRÄFE UND UNZER

Ein Unternehmen der
GANSKE VERLAGSGRUPPE

ÜBER DEN TELLERRAND

 **1 Keine Teller** Auf Bananenblättern oder in Schalen aus getrockneten Blättern wird Fastfood in Indien angeboten. Ein praktisches und außerdem äußerst umweltfreundliches Einweggeschirr.  **2 Einfach ablecken** reicht völlig. Chaat nennt man in Indien dann auch alle Zwischendurch-Snacks, und das bedeutet übersetzt nichts anderes als »den Teller – oder eben das Blatt – abschlecken«, weil's so gut war!  **3 Pausenstullen** kennen Inder in ganz anderer Form: Chaat-Paapdi und Pav Bajii – »Brot-Chaat« und »Gemüsebrot« –, beides ein äußerst wohlschmeckender Schlamassel mit Brotfladenstückchen oder Brötchen. Oder aber Pani Puri – »Wasserbrötchen«: kleine frittierte Kugeln, innen hohl und mit höllisch scharfem Chilisud gefüllt, die mit einem Happs im Mund verschwinden.  **4 Salat und Rohkost** sind wenig populär – zu ungesund! Zumindest nach indischem Hygieneverständnis. Dort muss alles, was außer Haus gegessen wird ordentlich heiß gekocht und damit keimfrei sein. Ausnahme: Milch und Milchprodukte wie z. B. Joghurt gelten per se als rein – weil schon in

der Kuh gekocht!  **5 Hauptsache würzig** lautet ansonsten die Devise für Fastfood jeder Art. Und so passt sich das Angebot bei McDonald's in Indien den dortigen Geschmäckern an. Das heißt: chilischarfe Burger mit Chutney oder in vegetarischer Frischkäsevariante.  **6 Coke und Pepsi** haben sich in Indien dagegen als Softdrink etabliert. Und Bollywood-Superstar Sharuk Khan, dem Essen nach eigenem Bekunden gar nichts bedeutet, gibt zu, süchtig nach dem Drink made in USA zu sein.  **7 Hauslieferung** Wer indisch gerne zu Hause genießt, konnte bis Beginn des Jahres 2008 bei Abdul Latif bestellen. Der inzwischen verstorbene Restaurantbesitzer stellte den Weltrekord in der »längsten Auslieferungsdistanz für ein Curry« zwischen Newcastle und Sydney auf. Auch ansonsten bot er Rekordverdächtiges: Sein »Hell Curry« blieb kostenlos für den, der es schaffte, es ganz aufzuessen.  **8 Explosiv** Wie höllisch gefährlich Currys sein können, erfuhr eine Stewardess beim Flug von London nach Miami. Ihr vor Abflug gekauftes Fertig-Curry explodierte in der Mikrowelle. Gesamtschaden 30.000 Euro!

www.gu-online.de

GU

4,90 € [D]
ISBN 978-3-8338-1059-6
WG 454 Länderküche